Melissa Foster

Sullys Befreiung

Vorgeschichte zu »Um Whiskeys willen«

Die Whiskeys: Dark Knights von der

Redemption Ranch

DIE AUTORIN

www.MelissaFoster.com

Melissa Foster ist eine preisgekrönte *New-York-Times*-und *USA-Today*-Bestsellerautorin. Ihre Bücher werden vom *USA-Today-Bücherblog*, vom *Hagerstown Magazin*, von *The Patriot* und vielen anderen Printmedien empfohlen. Melissa hat mehrere Wandgemälde für das *Hospital for Sick Children*, eine Kinderklinik in Washington, D. C., gemalt.

Besuchen Sie Melissa auf ihrer Website oder chatten Sie mit ihr in den sozialen Netzwerken. Sie diskutiert gern mit Lesezirkeln und Bücherclubs über ihre Romane und freut sich über Einladungen. Melissas Bücher sind bei den meisten Online-Buchhändlern als Taschenbuch und E-Book erhältlich.

MELISSA FOSTER
Sullys Befreiung

Vorgeschichte zu »Um Whiskeys willen«

Die Whiskeys: Dark Knights von der
Redemption Ranch

LOVE IN BLOOM – HERZEN IM AUFBRUCH

Aus dem Amerikanischen von Anna Wichmann

Die Originalausgabe erschien erstmals 2023 unter dem Titel
»Freeing Sully« bei World Literary Press, MD, USA.

Deutsche Erstveröffentlichung 2024
bei World Literary Press, MD, USA
© 2023 der Originalausgabe: Melissa Foster
© 2024 der deutschsprachigen Ausgabe: Melissa Foster
Lektorat: Judith Zimmer, Hamburg
Umschlaggestaltung: Elizabeth Mackey Designs

Vorwort

Dies ist die Vorgeschichte zu »Um Whiskeys willen«, die von Sullys Flucht aus der Sekte Free Rebellion erzählt. Ich habe bereits 2013 von Sullys Flucht geschrieben und beinahe zehn Jahre darauf gewartet, dass der richtige Held für sie auftauchte. Sobald mir Callahan »Cowboy« Whiskey begegnete, wusste ich, dass er der einzige Mann für sie ist. Sie werden Cowboy zwar in dieser Vorgeschichte noch nicht kennenlernen, dafür aber in *Um Whiskeys willen*. Ich bin sehr froh darüber, Sully endlich ihr Happy End geben zu können, mit der Familie Whiskey in der Reihe »Die Whiskeys: Dark Knights von der Redemption Ranch«.

Wenn Sie Interesse an meinen zeitgenössischen, prickelnden Liebesromanen in voller Länge haben: Alle meine Bücher sind eigenständige Geschichten, die sowohl unabhängig voneinander als auch als Teil der übergeordneten Reihe gelesen werden können, also tauchen Sie einfach ein ins Lesevergnügen.

Eine vollständige Liste aller Serientitel sowie eine Vorschau auf den nächsten Band finden Sie am Ende dieses Buches und auf meiner Website:

www.MelissaFoster.com/Herzen-im-Aufbruch

Besuchen Sie auch meine Seite mit »Reader Goodies«! Dort finden Sie Serienübersichten, Checklisten, Stammbäume und einiges mehr:

www.MelissaFoster.com/Checklisten_und_Stammbau me

Abonnieren Sie meinen Newsletter und bleiben Sie immer auf dem Laufenden über alle Neuerscheinungen:

www.MelissaFoster.com/Newsletter_German

Abschied

Sei stark. Sei stark. Sei stark.

Es gab viele Momente in Sullivan »Sully« Tates Leben, in denen sie sich wünschte, dass jemand anderes für sie stark sein könnte, und dieser gehörte dazu. Bedauerlicherweise war das nie eine Option gewesen, also hielt sie sich an der Hand ihres besten Freundes Ansel fest und borgte sich seine Kraft aus, während sie sich jede einzelne seiner Sommersprossen, jede Locke seiner unordentlichen braunen Haare und das sporadische Zucken seines rechten Mundwinkels einprägte. Seine linke Mundseite war seit einer Komplikation bei seiner Geburt gelähmt und seine linke Hand war recht unbeholfen, wenngleich er sie bewegen konnte. All dies erinnerte sie daran, dass er nicht so unbezwingbar war, wie er sich immer gab.

Sully lehnte den Kopf an seine schmale Brust und schloss die Augen. Er war ihr ganzes Leben lang das gewesen, was einem echten Bruder noch am nächsten kam. Wie sollte sie nur ohne ihn überleben? *Wem mache ich da was vor? Wie soll ich überhaupt überleben, wenn ich erst einmal entkommen bin?*

Bei diesem Gedanken wurde ihr ganz schwer ums Herz.

Ohne seine Hand loszulassen, trat sie einen Schritt zurück und versuchte, diese Gefühle beiseitezuschieben, während sie um den Wohnwagen herumspähte, der sie vor den Blicken der restlichen Free-Rebellion-Mitglieder abschirmte. Sie ließ den Blick zum, wie sie hoffte, letzten Mal über die trostlose Anlage schweifen, nahm den Anblick der Feuerstellen voller Asche in sich auf, die von umgedrehten Baumstümpfen umgeben waren, die zerrissenen Sonnensegel und die Planen, die über verwitterten Holztischen hingen. Ihr Blick wanderte die ihr wohlbekannten ausgetretenen Fußwege entlang, die sich durch hohes Gras und über karge Erde schlängelten, zwischen verrosteten und verbeulten Wohnwagen, Wohnmobilen, Zelten und anderen unterschiedlich stark verfallenen provisorischen Baracken hindurch bis hin zum einzigen festen Gebäude der Anlage, in dem sie kochten und aßen und der Unterricht und die Gruppensitzungen stattfanden. Efeu und wild wuchernde Ranken hatten sich an den Ecken und Seiten der Unterkünfte breitgemacht, was den Eindruck erweckte, als wären sie direkt aus der Erde gesprossen, so wie die hohen Bäume, die um die Anlage herumstanden wie Gitterstäbe, die sie gefangen hielten.

Zögernd schaute Sully zu dem wackligen Schuppen mit dem schwarzen Dach am Waldrand hinüber. Rebel Joes Bude. Ihr standen die Nackenhaare zu Berge. Als sie jünger gewesen war, hatte sie sich danach gesehnt, den geheimnisvollen Schuppen des Gruppenanführers betreten zu dürfen, zu dem nur *besondere* Mädchen Zutritt bekamen. Jetzt, da sie wusste, was sich darin abspielte, drehte sich ihr bei diesem Anblick der Magen um.

Sie ließ Ansels Hand los, wischte sich die schweißnassen Handflächen am Rock ab und sah zu den mehr als vierzig Mitgliedern der Anti-Establishment-Sekte hinüber, die in der Anlage umherliefen. Da waren junge Erwachsene, mit denen sie zusammen aufgewachsen war, Kinder, um die sie sich gekümmert hatte, Frauen, von denen sie gelernt und mit denen sie im Garten geerntet, gekocht und genäht hatte, und Rebel Joes Handlanger, die Befehle bellten und schwere Strafen verhängten. Sullys Onkel, der vor ein paar Jahren gestorben war, hatte sie in die Anlage gebracht, als ihre Mutter sie nicht länger durchbringen konnte. Sie war damals noch zu jung gewesen, um sich an ihre Mutter erinnern zu können, geschweige denn an diese frühe Phase ihres Lebens, daher hatte Ansels Mutter Gaia für sie den Platz einer Ersatzmutter eingenommen. Gaia, Ansel, seine Schwester Emina und einige der jüngeren Kinder, die sie im Laufe der Jahre betreut hatte, würden ihr sehr fehlen, und Schuldgefühle überfluteten sie, weil sie sie verlassen würde. Aber diese bittersüßen Erinnerungen und tiefen Gefühle wurden von der eiskalten und schneidenden Wut über den Schmerz und den Missbrauch ausgelöscht, den sie hatte erdulden müssen. Fünfundzwanzig Jahre lang hatte sie gegen ihre Gefühle angekämpft und meisterhaft gelernt, sie zu unterdrücken.

Sonst hätte sie nicht überleben können.

»Hey, Sully, du musst das nicht tun.« Ansel schob sich seine langen dunklen Ponyfransen aus der Stirn, aber sie fielen gleich wieder zurück. »Wenn du erwischt wirst ...«

Das Grauen, das in seinen unausgesprochenen Worten lag, ließ ihr Herz rasen. Dies war ihr dritter Versuch, den Klauen des Mannes zu entkommen, der Besitzansprüche auf sie angemeldet hatte, als sie gerade mal zehn Jahre alt gewesen war, der ihren Körper seit dem Tag, an dem sie sechzehn geworden war, benutzt hatte und der ihr Strafen aufgezwungen hatte, die kein Mensch ein ganzes Leben lang sollte ertragen müssen. Sie konnte es sich nicht erlauben, erneut zu versagen.

»Ich darf nicht daran denken«, zischte sie. »Wenn ich nicht gehe, werde ich irgendetwas Dummes machen.«

»Na, und? Du machst doch immer irgendwelche Dummheiten.«

Damit hatte er nicht ganz unrecht, auch wenn das, was er für falsch hielt, in ihren Augen richtig war. Solange sie sich zurückerinnern konnte, hatte sie gegen diesen abgekapselten, frauenfeindlichen Lebensstil angekämpft. Sie war willensstark und eigensinnig, was ihr viele Strafen eingebracht hatte, bis sie irgendwann gelernt hatte, den Mund zu halten.

»Ich meine etwas *richtig* Dummes, wie zum Beispiel ihn im Schlaf zu erstechen.«

»Du würdest niemals jemanden töten.«

Möglicherweise hatte er recht, aber sie hasste Rebel Joe so abgrundtief, dass sie sich in dieser Hinsicht einfach nicht sicher sein konnte.

Er musste ihre Gedanken gelesen haben, denn er sagte: »Okay, Rebel Joe vielleicht, aber …«

»Ich *gehe*, Ansel. Ich muss gehen. Das hat selbst deine Mom gesagt.« Gaia war Hebamme und hatte Sully heimlich die Pille gegeben, bevor Rebel Joe anfing, sie zu missbrauchen. Letzten Monat hatte Gaia ihr erzählt, dass Rebel Joe davon sprach, mit ihr zu irgendeiner Art von Medizinmann zu fahren, um sie gegen ihre Unfruchtbarkeit behandeln zu lassen. Wenn sie das mit der Pille herausfanden, würden sie und Gaia schwer bestraft werden, und das konnte Sully auf gar keinen Fall zulassen, und noch viel weniger wollte sie das Baby dieses Mannes austragen.

»Dann ist es das jetzt wirklich?«, flüsterte Ansel.

Sie versuchte, den Kloß in ihrer Kehle herunterzuschlucken, und tat so, als würde sie die Tränen in seinen dichten dunklen Wimpern nicht bemerken. Sie wandte sich schnell ab, um wieder um den Wohnwagen herumzuspähen, wo sie den Pick-up-Truck beäugte, in den Rebel Joe und zwei andere Männer Kisten und Koffer einluden, um darin Vorräte aus dem drei Stunden entfernten Graveston in West Virginia zu holen. Nach ihrem zweiten Fluchtversuch hatte es sieben lange Jahre gedauert, bis sich Sully erneut das Recht verdient hatte, mit ihnen in die Stadt zu fahren, und dort würde sie fliehen. Die Achselhöhlen ihres Baumwollshirts waren trotz der kühlen Bergluft schweißdurchtränkt.

»Wir fahren in fünf Minuten los!«, brüllte Hoyt, Rebel Joes rechte Hand. Er würde mit ihnen zusammen in die Stadt fahren.

»Du kannst es dir noch anders überlegen«, flehte Ansel. »Sag ihnen, dass du dich nicht wohlfühlst.«

»Ich kann nicht.« Sie umarmte ihn und schloss die Augen, um die Tränen zurückzuhalten, während sie sich darauf konzentrierte, sich seinen erdigen Geruch einzuprägen und wie sich ihre Umarmung anfühlte.

»Komm endlich, Sullivan!«, schrie Hoyt.

Sie ließ Ansel los. »Das ist nicht das Ende. Wir werden uns wieders…«

Er legte ihr einen Finger auf die Lippen. »Wenn du es diesmal schaffst, weißt du, dass wir uns nie wiedersehen werden, und wenn du es nicht schaffst …«

»Du kannst mitkomm…«

»Nein«, flüsterte er gereizt. »Du weißt, dass ich das nicht kann. Ich werde Emina nicht zurücklassen.« Sie wusste, dass er das nie tun würde, und sie konnte es ihm nicht verdenken, aber sie wusste auch, dass nichts und niemand Rebel Joe davon abhalten würde, sie sich zu nehmen, wenn er sie haben wollte.

»Sullivan!«, brüllte Hoyt.

»Ich werde eine Möglichkeit finden, dich wiederzusehen. Das verspreche ich dir«, wisperte sie hastig.

»Ich kann nicht den Rest meines Lebens auf meinen besten Freund verzichten.«

Ansel griff in die Tasche seiner Jeans und reichte ihr eine Handvoll Geldscheine. »Es sind nur vierzehn Dollar, aber besser als gar nichts.«

»Wo hast du das her?«, fragte sie leise und steckte sich die Geldscheine in die Tasche ihres langen braunen Rocks. »Wenn Rebel Joe herausfindet, dass du Geld hast, kommst du in Teufels Küche.« Rebel Joe zufolge schaffte Geld ein zu konkurrenzbetontes Umfeld und half der Regierung dabei, alle zu kontrollieren.

»Mach dir um mich keine Sorgen.«

»Sully!«, ertönte Rebel Joes barsche Stimme, bei der es ihr kalt den Rücken herunterlief.

»Ich muss gehen.« Sie stellte sich auf die Zehenspitzen und küsste ihn auf den Mund – nicht zum letzten Mal, wie sie hoffte –, bevor sie zum Wagen lief, wobei ihr Abschiedsschmerz rasch von ihrer wachsenden Angst begraben wurde.

»Sully!«, schrie Ansel tieftraurig.

Ihr Magen zog sich zusammen, während sie über die Schulter zurückblickte. Ansels zottelige Haare wehten im Wind, während er drei Finger hochhielt, ihr Zeichen für *Ich liebe dich* und *Freundesliebe für immer*. Sie hielt ebenfalls drei zittrige Finger hoch und rannte auf die Straße zu, bevor sich ihre Emotionen Bahn brechen konnten.

»Leg mal einen Zahn zu, Sully.« Hoyt bewegte seinen massigen Körper schon in Richtung Wagen.

Sully stieg rasch ein, dicht gefolgt von Hoyt und Rebel Joe, der sich hinter das Lenkrad setzte. Sie warf einen letzten verstohlenen Blick zurück, während sie das Gelände verließen, und sah Ansel neben dem Wohnwagen stehen, hinter dem sie sich versteckt hatten. Sein Blick folgte ihr, als sie das einzige Leben, das sie kannte, und alle Menschen, die ihr je etwas bedeutet hatten, hinter sich zurückließ.

Die Flucht

Sully war nicht bewusst gewesen, dass Angst einen Geruch hatte, bis sie im Führerhaus des Pick-up-Trucks zwischen Rebel Joe mit seinen fettigen dunklen Haaren, den vernarbten Wangen und seiner widerwärtigen Aura und Hoyt, einem stoischen Mann mit zotteligem Bart, der selten mehr als zwei Worte sagte, eingeklemmt saß. Ihre Beine zitterten, während sie im Geiste zum millionsten Mal ihren Plan durchging. *Toilette. Entlüftungsschacht. Dortbleiben. Fliehen. Fliehen. Fliehen.*

»Was ist los mit dir?«, fragte Rebel Joe. Er hatte sich besser als sonst angezogen und seine abgetragene und zerrissene Jeans und das dreckige Hemd gegen saubere Kleidung eingetauscht, so wie immer, wenn er in die Stadt fuhr.

»Entschuldige. Ich muss nur auf die Toilette.« *Und werde niemals wieder rauskommen.*

Er legte eine Hand auf ihr wippendes Bein und brachte es zum Stillstand.

Sie hielt den Atem an und hatte panische Angst, dass seine Hand höher rutschen und er das Geld ertasten würde, das Ansel ihr gegeben hatte. Sie versuchte, Zentimeter für Zentimeter von ihm wegzurücken, und hoffte, dass er sie loslassen würde, aber er drückte ihr Bein nur noch fester. Seine Hand blieb dort, bis sie Graveston erreichten. Es kostete sie große Mühe, das Atmen nicht zu vergessen. Das Mantra in ihrem Kopf lief in Endlosschleife vor sich hin. *Toilette. Entlüftungsschacht. Dortbleiben. Fliehen. Fliehen. Fliehen.*

Sullys Herz raste dermaßen, dass sie schon befürchtete, ohnmächtig zu werden, als sie hinter Hoyt aus dem Wagen ausstieg. Während er und Rebel Joe zum Heck gingen, blickte sie die Straße hinunter zum Mega Mart, wo sie Lebensmittel und Hygieneartikel besorgen würden. Ein paar Türen weiter sah sie Franks Anglerladen. Sie würden zuerst an der Hintertür dieses Geschäfts Munition kaufen, und mit etwas Glück würden sie ihr erlauben, im Mega Mart die Toilette zu benutzen.

»Gehen wir, Sully.« Mit einem Nicken wies Rebel Joe auf das Angelgeschäft und nahm eine ihrer riesigen Vorratskisten mit. Sein Tonfall war wie immer, wenn er sich in der Öffentlichkeit aufhielt, nicht unfreundlich, doch dabei drehte sich ihr der Magen genauso um wie bei seinen schroffen Befehlen.

Sie war wie gelähmt. Das war sie. Ihre letzte Chance auf die Freiheit. Sie hatte jahrelang auf diesen Moment gewartet, und Erinnerungen an die harten Strafen, die sie erlitten hatte, flogen wie Geschosse auf sie zu und ließen sie zunehmend verzagen. Aber sie musste das jetzt durchziehen, und selbst wenn sie sie bei ihrem Fluchtversuch erwischen würden, hatte sie nicht vor, sich kampflos wieder zurückschleifen zu lassen. Die nächsten Worte bekam sie dennoch nur mit Mühe heraus. »Ich muss auf die Toilette.« Um das zu unterstreichen, presste sie die Knie zusammen.

»Nachdem wir die Munition gekauft haben. Los, gehen wir«, erwiderte er.

Sie nahm all ihren Mut zusammen und bettelte wie ein Teenager. »Aber ich muss wirklich *dringend*. Ich glaube nicht, dass ich noch so lange warten kann. Kann ich einfach beim Mega Mart gehen? Ich warte draußen am Eingang, wenn ich fertig bin.« Rebel Joe und Hoyt tauschten Blicke, und Sully hoffte, dass sie sie einfach gehen lassen würden, aber sie wusste, dass ihre Vergangenheit ein Problem darstellte. Rebel Joe hatte ein Gedächtnis wie ein Elefant.

Er sah Hoyt an und nickte.

Hoyt stellte die Kiste ab, die er trug, und verschränkte die Arme. »Ich soll ernsthaft meine Zeit mit diesem Mist verschwenden?«

Rebel Joe sah sie misstrauisch an. »Wir wollen doch nicht, dass sich unsere Süße verläuft, nicht wahr?«

Bei seinen Worten lief es Sully eiskalt den Rücken hinunter.

»Du benimmst dich doch?« Rebel Joe sah sie trotz seines freundlicheren Tonfalls streng an.

»Ich gehe nur zur Toilette.« In der Hoffnung, seine hasserfüllten grünen Augen und seine dünnen Lippen nie wieder sehen zu müssen, senkte sie den Blick und betrachtete seine rechte Hand, deren Haut aufgeworfen und entstellt war von einer Brandwunde, die er vor langer Zeit erlitten hatte, und schob noch ein »Es ist das monatliche Übel« hinterher.

Sie steuerte direkt auf die Damentoilette zu, die Hände zu Fäusten geballt und mit rasendem Herzen, während Hoyt schweigend neben ihr herlief. Er war derjenige gewesen, der sie nach ihrem letzten fehlgeschlagenen Fluchtversuch gemaßregelt hatte. Sie hatte das Bedauern in seinen Augen gesehen, aber das hatte ihn nicht davon abgehalten, ihr derart immense Schmerzen zuzufügen, dass sie ohnmächtig geworden und mit Narben wieder aufgewacht war, die sie bis ans Ende ihres Lebens tragen würde.

Ein junger Mann eilte vorbei und streifte ihre Schulter.

Hoyt streckte die Hand aus und packte den Burschen so schnell am Arm, dass Sully die Bewegung kaum bemerkte. Mit seinem eiskalten Blick fixierte er den armen Jungen, der erschrocken wirkte. »Sag der Dame, dass es dir leidtut.«

Sully erstarrte. *Tu ihm nicht weh. Bitte tu ihm nicht weh.*

»Es tut mir leid … wirklich …«, stotterte der Junge. »Ich war … Entschuldigung.«

»Schon besser.« Hoyt ließ seinen Arm los, und der junge Mann rannte praktisch aus dem Laden. »Beeil dich. Ich warte hier.«

Sie zog die schwere Tür zur Damentoilette auf. Die Vorstellung, dass Rebel Joe Hoyt die Hölle heißmachen würde, wenn ihr dieser Fluchtversuch gelang, bereitete ihr große Genugtuung. Aber der Gedanke an das, was mit ihr passieren würde, wenn sie versagte, ließ sie schlagartig nüchtern werden.

Eine Frau und ein Kind wuschen sich gerade die Hände, also ging Sully in eine Kabine und wartete darauf, dass die beiden hinausgingen. Sobald sie die Toilette verließen, eilte sie aus der Kabine und öffnete das Fenster, damit Hoyt und Rebel Joe denken würden, dass sie auf diesem Weg abgehauen war. Dann rannte sie in die dritte Kabine. Ihre Hände zitterten und ihr Atem kam stoßweise, während sie auf den Toilettendeckel kletterte und sich auf die Zwischenwand hievte. Sie balancierte auf der Metallabtrennung zwischen den Kabinen, wobei sie sich mit einer Hand festhielt und mit der anderen die Deckenfliese anhob. Nachdem sie die Fliese zur Seite geschoben hatte, griff sie nach oben und tastete nach dem Metallstab über der dritten und vierten Kabine, den sie bei der Planung ihres Fluchtversuchs vor so vielen Jahren entdeckt hatte. Sie hätte an dem Tag verschwinden sollen, aber sie hatte sich nicht von Ansel verabschiedet und ohne ein paar letzte Worte an ihn einfach nicht gehen können. Damals hatte sie nicht geahnt, dass es Jahre dauern würde, bis sie wieder die Gelegenheit dazu bekäme, mit in die Stadt zu fahren. Schließlich war sie das Warten leid gewesen und hatte übereilt versucht, aus der Anlage zu fliehen, indem sie sich auf der Ladefläche eines Pick-ups versteckte.

Sie schob diesen Gedanken beiseite und griff nach dem kalten Metall, um sich in den Dachboden hinaufzuziehen. Sorgfältig achtete sie darauf, nicht auf die dünnen Platten zu treten, während sie die Fliese wieder zurück an ihren Platz rückte. Von hier oben ging das deutlich schwerer. Winzige Teile splitterten ab und fielen in die Toilette darunter. Sie legte die Fliese wieder in die Halterung, aber sie verkantete sich. Genau in dem Moment öffnete sich die Toilettentür.

Sully hielt den Atem an.

»Hier?«, fragte eine Kinderstimme.

»Nein. Da ist es schmutzig.« Die Frau betätigte in der Kabine unter Sully die Toilettenspülung und führte das Kind nach nebenan.

Sully nutzte das Geräusch des fließenden Wassers aus, um die Fliese sorgfältig wieder zurechtzurücken, und kroch über die Metallstäbe auf das andere Ende des Gebäudes zu.

Freiheit

Der Dachboden des Mega Mart war heiß und dunkel. Auf Händen und Zehenspitzen hastete sie über die Metallstäbe. Den Rock um die Taille herum gerafft hielt sie sich an den rauen Metallkanten fest und balancierte auf den Spitzen ihrer alten Lederstiefel, wobei sie notfalls auch die Knie einsetzte. Adrenalin durchströmte sie, während vor ihrem geistigen Auge Rebel Joe die Decke durchbrach. Ein stechender Schmerz schoss ihr durchs Knie, und sie schnappte nach Luft, um nicht aufzuschreien. Immer noch auf allen vieren blickte sie auf ihr Knie hinunter und entdeckte einen Metallsplitter, der aus der Haut herausragte. Sie hielt sich mit einer Hand und den Füßen aufrecht und unterdrückte den Schmerz, als sie den Splitter herauszog, um dann das Blut mit dem Rocksaum abzutupfen.

»*Sullivan Tate, Sie werden am Kundendienstschalter verlangt*«, dröhnte es unter ihr.

Sie erstarrte vor Angst und kniff die Augen zu. *Lass bitte nicht zu, dass sie mich finden. Lass bitte nicht zu, dass sie mich finden.* Sie stellte sich Rebel Joe vor, wie er herumtobte und sich wie ein besorgter Vater benahm – ein Vater, der sich weigern würde, die Polizei zu rufen, wie sie genau wusste, denn obwohl er durchaus Beziehungen hatte, musste nur der falsche Polizist bei ihnen auf dem Gelände auftauchen und schon wäre seine brutale Herrschaft zu Ende –, ein Vater, der erklärte, dass seine *Tochter* verschwunden sei. So bezeichnete er alle Mädchen, die bei ihm wohnten, missbrauchte die meisten von ihnen aber dennoch. Sie schluckte die Galle hinunter, die in ihrer Kehle aufstieg, und blieb wie erstarrt an ihrem Platz, wobei sie kaum atmete und unsicher auf den Metallstäben balancierte, bis sich ihre Finger verkrampften und ihre Zehen so sehr schmerzten, dass sie nicht mehr stillhalten konnte. Erst dann wagte sie es, über die Stäbe auf die Rückseite des Gebäudes zuzukriechen. Ihr Name wurde erneut ausgerufen. Sie zitterte am ganzen Leib, zwang sich aber weiterzukriechen.

Die geflieste Decke endete am Lager, wo die Dachsparren vom Arbeitsbereich darunter sichtbar waren. Sully kroch auf die Außenwand zu und hockte sich ein gutes Stück vom Lager entfernt so auf die Kante, dass die Arbeiter sie nicht sehen konnten. Nach einer gefühlten Stunde, die aber auch länger oder kürzer gedauert haben konnte, hörte sie, wie ihr Name ein weiteres Mal ausgerufen wurde.

Sie schloss die Augen und versuchte, ihr rasendes Herz zu beruhigen, was ihr jedoch nicht gelingen wollte. In dem drückend heißen Dachraum fühlten sich Minuten wie Stunden an, während sie sich an der Wand zusammenkauerte. Ihr Name wurde in immer größeren Abständen ausgerufen, bis man es schließlich aufgab. Während der Nachmittag in den Abend überging, verspannten sich ihre Muskeln immer mehr, und als die Nacht hereinbrach, lauschte sie angespannt, wie die Angestellten nach Hause gingen und der Putztrupp eintraf. Ihr knurrte der Magen, sie zitterte am ganzen Körper, und ihre Muskeln schmerzten, aber sie saß völlig reglos da, bis auch die Reinigungsmannschaft ging und das Licht ausmachte, sodass sie von Dunkelheit umgeben war.

Erst nach sehr, sehr langer Zeit wagte sie es, sich zu bewegen. Als sie schließlich Zentimeter für

Zentimeter zum Rand der Decke kroch und in das Lager hinunterspähte, rauschte das Blut in ihren Ohren so laut, dass sie kaum etwas hören konnte, während sie die Dunkelheit mit Blicken absuchte. Nirgendwo bewegte sich etwas, und niemand war zu sehen. Sie stellte sich vor, wie Rebel Joe sich wie ein sprungbereiter Panther irgendwo versteckte, und Angst kribbelte in ihren Gliedern. Draußen heulten Automotoren auf und Reifen quietschten. Sie wagte kaum zu atmen, bis es abermals still um sie herum wurde.

Sie spähte zu den Kartons unter sich hinunter, sagte sich, dass sie tapfer sein musste, und betete, dass sie sich nicht das Bein brechen würde, während sie zur Kante vorrückte und die Kartons eingehend betrachtete. Niemand würde zu ihrer Rettung kommen. Es hieß jetzt oder nie. Sie zwang sich dazu, nach der Kante eines Metallstabs zu greifen, und ließ sich daran herunterhängen. Ihre Füße baumelten ein gutes Stück oberhalb der Kartons, und sie schloss die Augen und ließ sich fallen, wobei sie mit einem unterdrückten Aufschrei landete. Sie krabbelte auf Händen und Füßen weiter und kletterte von den Kartons hinunter auf den Betonfußboden. Zitternd stand sie da und wartete nur darauf, dass jemand sie packte. Erst, als sie einen Ausgang bemerkte, flackerte ein Funke

Hoffnung in ihr auf. Sie rannte auf die Tür zu, doch beim Anblick des rot-weißen Schildes *Nur Notausgang* über dem Riegel blieb sie abrupt stehen. Sie durfte es nicht riskieren, den Alarm auszulösen.

Daher rannte sie aus dem Lager hinaus und in den Laden hinein. Ihre Sinne schärften sich, und ihr Gehirn spielte ihr vor lauter Aufregung Streiche. Die Luft schien um sie herum zu pulsieren, während sie auf den Bereich mit dem Angler- und Jagdbedarf zusprintete. Sie schnappte sich eine Tasche und stopfte Handschuhe und lange Unterhosen, ein Beil und ein paar Päckchen mit gefriergetrocknetem Essen hinein. Dann rannte sie zur Abteilung für Damenbekleidung. Sie hatte sich noch nie etwas selbst aussuchen dürfen. Weder etwas zu essen noch ein Kleidungsstück oder irgendetwas anderes. Manchmal brachten die Männer ihnen Kleidung mit, aber die meiste Zeit trugen sie das, was Sully und die anderen Frauen selbst herstellten. Sie wusste nicht einmal, welche Konfektionsgröße sie brauchte, nahm sich daher einfach das Allernotwendigste und hoffte, dass die Sachen passen würden: mehrere Jeans, Shirts, einen Pullover, Unterwäsche und Socken. Rasch schlüpfte sie aus ihrem blutbeschmierten Rock und dem schmutzigen T-Shirt und zog sich Jeans und ein langärmeliges Shirt an. Ihre Kleider stopfte sie in die

Tasche und rannte zur Lebensmittelabteilung.

Dort hatte sie den Eindruck, im Schlaraffenland gelandet zu sein. Da sie keine Ahnung hatte, was ihr vielleicht schmecken würde, schnappte sie sich Schachteln mit Crackern und Cornflakes, frisches Obst, ein Glas Erdnussbutter, ein Glas Marmelade und zwei Flaschen Wasser. Auf dem Weg in Richtung Toilette kam sie an den Kassen vorbei und erwog, sich Geld herauszunehmen, befürchtete allerdings, dadurch einen Alarm auszulösen, und sprintete stattdessen weiter zur Damentoilette.

Das Fenster stand einen Spalt weit offen. Was sollte denn das? Panik ergriff sie. War das eine Falle? Wartete Rebel Joe draußen vor dem Fenster? Sie stellte die Tasche ab und starrte zum Fenster hinauf. Eigentlich musste sie nichts weiter tun, als hinauszuklettern und wegzulaufen. Sie zog sich am Fensterbrett hoch, bis sie nach draußen sehen konnte. Der Parkplatz war leer, und unter dem Fenster stand ein offener Müllcontainer. Sie kletterte wieder hinunter und hängte sich den Träger der Tasche um den Hals. Dann zog sie sich wieder hoch, hielt sich am Sims fest, schob die Tasche durch das Fenster hinaus und sprang zurück auf den Fußboden der Toilette, während sie hörte, wie der Beutel draußen mit einem lauten Geräusch aufkam.

Sie lauschte auf Schritte oder Stimmen, doch draußen blieb es weiterhin ruhig.

Nach einigen nervenaufreibenden Minuten kletterte sie erneut hoch und spähte nervös zum Fenster hinaus. Die Nacht blieb still. Sie kletterte durch das winzige Fenster ins Freie, und als sie sich in den Müllcontainer fallen ließ, verfingen sich ihre Haare und ein Büschel wurde herausgerissen. Sie unterdrückte den Schmerz, rappelte sich auf, schlang sich erneut den Träger der Tasche quer über die Brust und kletterte aus dem Container. Angst schnürte ihr den Brustkorb zu, als sie am Gebäude entlangrannte. Es gab keinen Weg zurück. Sie musste einen Weg finden, die Stadt zu verlassen.

Sully rannte die leeren, dunklen Straßen entlang und hörte die Geräusche des Highways. Sie lief in die Richtung und kam an einer Straßenecke vorbei, an der zwei Männer auf Bänken lagen. Mit gesenktem Kopf und die Tasche fest umklammert, lief sie noch schneller. Als sie die Geschäfte weit hinter sich gelassen hatte, schmerzte ihr Brustkorb, und sie joggte am Waldrand entlang auf den Autohof zu. Aus dem Dunkel bei den Bäumen musterte sie jeden vorbeikommenden Wagen vor lauter Angst, Rebel Joe könnte sie wieder einfangen.

Sie erreichte den Autohof und wartete im Schutz

der Bäume. Als ein Sattelschlepper den Parkplatz verlassen wollte, sprintete sie auf die Straße und wedelte mit den Armen. Das Licht der Scheinwerfer erfasste sie, aber sie blieb stehen und zwang den Fahrer zum Anhalten. Zitternd wie Espenlaub ging sie zum Fenster auf der Fahrerseite. Ein Mann, der um die sechzig zu sein schien, drahtige braune Haare und schwere Tränensäcke unter den müden Augen hatte und unrasiert war, starrte sie mit einer Zigarette im Mundwinkel an. Jeder Nerv in ihrem Körper brannte. Sie hatte keine Ahnung, ob der Fremde eine Gefahr für sie darstellte, aber er konnte eigentlich nicht schlimmer sein als Rebel Joe. »Bitte, Sir, können Sie mich bis zur nächsten Stadt mitnehmen? Meine Mama ist krank, und ich muss dringend nach Hause.«

Er musterte sie von Kopf bis Fuß. »Steckst du in irgendwelchen Schwierigkeiten?«

»Nein, Sir. *Bitte!* Ich werde Ihnen nicht die geringsten Schwierigkeiten machen.« Sie warf einen raschen Blick die Straße entlang, weil sie wusste, dass Rebel Joe oder irgendeiner seiner Männer jeden Moment vorbeifahren konnte, und erinnerte sich an Ansels Ermahnung, dass sie stark sein musste. *Wenn du dich verhältst, als wärst du schwach, dann bist du auch schwach.* Sie hatte geübt, sich tapfer zu verhalten, selbst wenn jede Faser ihres Körpers vor Angst zu schreien schien, und jetzt setzte sie das Gelernte ein, straffte die Schultern, reckte das Kinn in die Luft und hielt dem festen Blick des Mannes stand. »Ich brauche einfach eine Mitfahrgelegenheit in die nächste Stadt.«

Er nickte. »Steig ein.«

Die Luft entwich ihrer Lunge. Sie rannte zur Beifahrerseite und kletterte in den Wagen, wobei ihr Atem stoßweise ging. Die Fahrerkabine roch nach Zigaretten, und der Fußboden war mit zerknüllten Lebensmittelverpackungen und leeren Limodosen bedeckt.

Sie stellte die Tasche zwischen sich und dem Fahrer ab und setzte sich aufrecht hin, um stark zu wirken. »Danke. Meine Mama wird sich so freuen, mich zu sehen.«

»Mmh.« Der Sattelschlepper donnerte die Straße entlang.

Sully lehnte sich mit der Stirn gegen die Fensterscheibe und beobachtete im Seitenspiegel, wie die Stadt hinter ihnen immer kleiner wurde, und zum ersten Mal in … vielleicht sogar in ihrem ganzen Leben erlaubte sie es ihren Schultern, sich allmählich zu entspannen. Sie dachte an Ansel, den sie bereits vermisste, und fragte sich, ob er jetzt am Feuer saß oder von Rebel Joe befragt wurde. Sie waren so oft zusammen durchgegangen, was er sagen sollte, dass sie es gar nicht mehr zählen konnte. Zwar wusste sie, dass Ansel unter dem Druck nicht zusammenbrechen würde, aber sie wusste auch nur zu gut, wie grausam Rebel Joe sein konnte. Sie rieb sich den Nacken und erinnerte sich an ihre schmerzhafte Bestrafung. Auf gar keinen Fall konnte sie dorthin zurückkehren. Nie wieder.

»Hast du einen Namen?«, erkundigte sich der Trucker.

»Sully«, antwortete sie zu schnell und wünschte sich dann, dass sie ihm einen falschen Namen genannt hätte.

»Ich bin Chester. Chester Finch.« Er musterte sie kurz und warf einen Blick auf die Tasche, bevor er den Blick wieder auf die Straße richtete.

Ihr fiel auf, dass an der Tasche und an ihren Kleidern noch immer die Preisschilder hingen. *Verflixt.*

»Wovor läufst du weg?«, fragte er.

»Ich laufe nicht weg. Meine Mutter ist krank.«

»Mmmh. Ich habe schon stärkere Mädchen als dich gesehen, die vor irgendwas davongelaufen sind.« Er starrte auf die Straße. »Weglaufen ist keine Schande.«

Sully wusste nicht, warum das so war, aber weglaufen klang in ihren Ohren schwach. Sie fühlte sich jedoch nicht schwach, und sie wollte auch auf gar keinen Fall schwach klingen, also erklärte sie mit hocherhobenem Kopf: »Tja, ich laufe aber nicht weg.« *Ich gehe.* Sie lehnte sich wieder ans Fenster, und die Vibrationen des Wagens mussten sie eingelullt haben, denn als sie wieder aufwachte, waren mehrere Stunden vergangen und die Sonne ging gerade auf. »Wo sind wir?«

»In Kentucky«, erwiderte der Mann.

Ihr Herzschlag beschleunigte sich, und sie richtete sich auf und blickte hinaus auf den Highway. »Ich dachte, Sie wollten mich in der nächsten Stadt absetzen.«

»Irgendwie war mir, als wärst du besser dran, wenn du den Ort, an dem ich dich aufgelesen habe, so weit wie möglich hinter dir lässt.«

Mit einem Mal überkam sie große Erleichterung. Je weiter sie sich von allem entfernte, desto besser, auch wenn sie wusste, dass Rebel Joe eine Möglichkeit finden würde, wenn er sie wirklich aufspüren wollte. Gleichzeitig machte ihr diese Entfernung aber auch bewusst, wie unglaublich allein sie war, was wiederum Angst in ihr aufkeimen ließ. Sie wusste nicht, wer dieser Mann war oder was er ihr antun konnte.

»Ich werde hier am Wasser eine Weile anhalten. Muss meinen Augen eine Pause gönnen.« Er nahm die nächste Ausfahrt und fuhr über mehrere Straßen zu einem großen Parkplatz. »Der Fluss ist gleich da unten. Es ist wunderschön dort.« Er deutete mit dem Kopf in Richtung Hügel, lehnte sich dann zurück, ließ das Fenster herunter und schloss die Augen.

»Darf ich aussteigen und mir etwas die Beine vertreten?«

»Du kannst tun, was immer du willst, Kleine. Aber sei vorsichtig.«

Schon fühlte sie sich ein bisschen besser. Er wollte sie anscheinend nicht umbringen, sonst hätte er sie an irgendeinen abgelegenen Ort gebracht und würde sie nicht alleine gehen lassen. Als sie aus dem Wagen ausstieg, fühlte sich ihr ganzer Körper schwach an und schmerzte. Die Knie ihrer Jeans waren blutgetränkt, ihre Handflächen und Finger verschrammt und aufgeschnitten. Während sie zum Wasser hinunterging, berührte sie ihre Kopfhaut, wo ihr die Haare ausgerissen worden waren, und als sie die Finger wieder zurückzog, klebte verkrustetes Blut daran. Sie setzte sich ins Gras und konnte kaum glauben, dass sie es geschafft hatte. Sie war Rebel Joe entkommen.

Sie legte sich auf den Rücken und blickte zur aufgehenden Sonne empor, wobei sie tief einatmete. Sie war endlich *frei*. Der Gedanke löste einen Strom von Erinnerungen an ihren letzten vergeblichen Fluchtversuch aus. *Wenn du jemals wieder versuchst, vor mir wegzulaufen, wird es das letzte Mal sein, dass dir deine Beine gehorchen.* Sie verschloss die Augen vor Rebel Joes Drohung und der Erinnerung daran, wie das Brenneisen ihr Fleisch versengt hatte. Sie würde niemals wirklich frei von ihm sein. Dafür hatte er gesorgt.

Ein Schatten fiel auf sie, und sie öffnete die Augen und bemerkte zwei Männer, die auf sie herabstarrten. Sie setzte sich auf und drückte sich mit den Fersen nach hinten, während der Größere der beiden sie mit unheilvollem Grinsen beäugte. »Sieh mal einer an, wen wir hier haben.«

»Ist das nicht eine Hübsche?«, fragte der dickere, kahlköpfige Kerl.

Scheißescheißescheiße. Sie sprang auf und stolperte rückwärts, während die beiden Männer immer näher kamen.

»Dieses Ufer gehört uns.« Der größere Mann spuckte auf den Boden.

»Tut mir leid. Das wusste ich nicht.«

Der Kahlköpfige packte ihren Arm, und Angst durchfuhr sie. Sie trat ihm in den Unterleib, riss sich von ihm los und sprintete auf den Sattelschlepper zu, wobei sie *»Hilfe! Chester! Hilfe!«* schrie. Der andere Kerl griff nach ihrem Knöchel, und sie stürzte mit dem Gesicht voran in den Dreck.

Der Kahlkopf war in Sekunden über ihr, riss ihr die Jeans auf und fummelte an seinem Gürtel herum, während sie vergeblich um sich trat, boxte und schlug. »Dafür wirst du bezahlen, dass du mich getreten hast«, knurrte er wütend, während sein Kumpel lachte.

Schüsse hallten durch die Luft, und der Kahlkopf sprang auf die Beine. Sully rappelte sich auf und rannte auf Chester zu, der oben auf der Hügelkuppe stand und mit einer Pistole auf die Männer zielte.

»War doch nur Spaß«, schrie einer der Männer.

Chesters Augen wirkten nicht länger müde. Sie waren kalt und dunkel, während er Sully anwies, in den Wagen zu steigen. Sie rannte weiter, so schnell sie konnte, und hörte ihn brüllen: »Das nennt ihr Spaß? Ich werde euch zeigen, was Spaß ist.« Ein weiterer Schuss fiel.

Panisch und mit tränenüberströmten Wangen kletterte Sully auf den Beifahrersitz und schloss die Tür. Sie zog die Knie an die Brust, schlang die Arme darum und machte sich ganz klein. Als Chester wieder in den Wagen einstieg, platzten die Worte vor Erleichterung nur so aus ihr heraus. »Danke! Ich hatte solche Angst.«

»Ich habe eine Enkelin in deinem Alter. Sie heißt Theresa.« Er legte die Waffe auf das Armaturenbrett und zum ersten Mal bemerkte Sully den Ehering an seiner linken Hand. Sein ernster Blick ruhte auf ihr. »Und, weihst du mich jetzt ein und erzählst mir, wovor du davonläufst, oder muss ich dir so lange folgen, bis ich es selbst herausfinde?«

Sully öffnete den Mund, um ihn ein weiteres Mal anzulügen, aber er unterbrach sie direkt.

»Denn ich kann dich genauso wenig deinem Schicksal überlassen, wie ich meine liebe Theresa im Stich lassen könnte.«

Sie hatte Angst davor, ihm die Wahrheit zu sagen. Was sollte sie tun, wenn er zu Rebel Joes Bekannten gehörte, von denen sie schon so oft gehört hatte?

»Okay, wenn du es so haben willst, dann ist das eben so.« Er schloss die Augen und lehnte den Kopf zurück.

Schuldgefühle nagten an ihr. Der Mann hatte ihr das Leben gerettet, und sie schaffte es nicht einmal, ihm eine ehrliche Antwort zu geben? »Ich fange gerade ein neues Leben an«, erwiderte sie leise.

Er öffnete ein Auge und musterte sie.

»Ich laufe nicht wirklich davon, sondern vielmehr auf etwas anderes zu.«

Er nickte. »Auf ...?«

Sie zuckte mit den Achseln. »Irgendetwas Besseres.«

»Na, das ist immerhin ein Anfang, junge Dame.«

»Viel mehr gibt es da nicht zu sagen, fürchte ich.« Ihr Magen knurrte.

»Hungrig?«

»Ich habe etwas zu essen.« Sie öffnete den Reißverschluss ihrer Tasche und zeigte ihm die Lebensmittel, die sie mitgenommen hatte.

»Was hast du gemacht, einen Laden ausgeraubt?«

»Nein, Sir.«

Er schürzte die Lippen und zog die Augenbrauen hoch.

»Ich habe das alles nicht wirklich gestohlen. Ich habe es mir nur ausgeliehen.« Doch das war nicht die Person, die sie sein wollte. Sie mochte keine Lügner. »Ich habe es mir genommen«, gab sie zu. »Es tut mir leid. Ich weiß, dass ich das nicht hätte tun sollen.«

»Nun, solange du bei mir bist, kann ich nicht zulassen, dass du stiehlst. Mit dem Ausleihen ist Schluss, hast du verstanden?«

»Ja, Sir. Ich habe noch nie zuvor etwas gestohlen. Das ist die Wahrheit.« Rebel Joes Stimme dröhnte in ihrem Kopf. *Du gehörst mir, Sully. Dein Leben gehört mir.* Sie schluckte schwer, als sie erkannte, dass sie Chester unbewusst wieder angelogen hatte. Sie hatte einem bösen Mann ihr eigenes Leben gestohlen – und wenn es sein musste, würde sie es immer wieder tun.

Ich hoffe, Sie haben gerne von Sullys Flucht aus der Sekte Free Rebellion gelesen. Um ihre Geschichte weiterzuverfolgen und sie auf dem Weg zum ihrem Happy End zu begleiten, lesen Sie: *Um Whiskeys willen (Die Whiskeys: Dark Knights von der Redemption Ranch)*

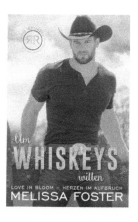

Nachdem Sullivan Tate einer Sekte entkommen ist und das einzige Leben, das sie je kannte, zurücklassen musste, glaubte sie, das Schwerste bereits hinter sich zu haben. Ihr war klar, dass sie nun herausfinden musste, wer sie eigentlich ist, doch sie hat nicht damit gerechnet, sich auch noch in den überfürsorglichen und wahnsinnig heißen Callahan »Cowboy« Whiskey zu verlieben. Wie soll sie ihr Herz einem Mann schenken, der schon immer wusste, wer er ist, während sie doch gerade erst anfängt, sich selbst kennenzulernen?

Bestellen Sie *Um Whiskeys willen* bei Ihrem Online-Buchhändler.

Übrigens: Vielleicht gefällt Ihnen auch »Und dann kam die Liebe« (Die Bradens & Montgomerys) über Sullivans Schwester Jordan Lawler und Jax Braden. Jordans Geschichte ist zeitlich vor »Um Whiskeys willen« angesiedelt und schildert die Perspektive von Sullys Familie.

Neu bei »Love in Bloom – Herzen im Aufbruch«?

Falls dieser Band Ihr erstes Buch aus der Reihe »Love in Bloom – Herzen im Aufbruch« ist, warten noch jede Menge Geschichten über unsere sexy, selbstbewussten und loyalen Heldinnen und Helden auf Sie. *Die Whiskeys: Dark Knights von der Redemption Ranch* ist nur eine der Serien aus meiner großen Sammlung von Liebesromanen mit Tiefgang, Humor und Happy-End-Garantie. In allen Büchern finden Sie eine abgeschlossene Geschichte, die auch für sich allein gelesen werden kann. Figuren aus den einzelnen Serien und Büchern der weitverzweigten »Love in Bloom – Herzen im Aufbruch«-Familien tauchen immer wieder auch in den anderen Bänden auf. So verpassen Sie nie eine Verlobung, eine Hochzeit oder eine Geburt. Wenn Sie mögen, lernen Sie doch auch die anderen Serien der Reihe kennen! Eine vollständige Liste aller auf Deutsch erschienenen und geplanten Bücher gibt es am Ende des Buches und unter dem folgenden Link finden Sie weitere Informationen:

www.MelissaFoster.com/Herzen-im-Aufbruch

DIE VOLLSTÄNDIGE REIHE

Love in Bloom – Herzen im Aufbruch

Für noch mehr Vergnügen lesen Sie die Bücher der
Reihe nach. Sie werden in jedem Band bekannte
Figuren wiederfinden!

Die Snow-Schwestern

Schwestern im Aufbruch

Schwestern im Glück

Schwestern in Weiß

Die Bradens (Weston, Colorado)

Im Herzen eins – neu erzählt

Für die Liebe bestimmt

Freundschaft in Flammen

Wogen der Liebe

Liebe voller Abenteuer

Verspielte Herzen

Ein Fest für die Liebe (Hochzeits-Geschichte)

Nachwuchs für die Liebe (Savannahs & Jacks Baby)

Happy End für die Liebe (Hochzeits-Geschichte)

Weihnachten mit den Bradens (Kurzgeschichte)

Liebe ungebremst (Kurzroman)

Die Bradens (Trusty, Colorado)

Bei Heimkehr Liebe

Bei Ankunft Liebe

Im Zweifel Liebe

Bei Rückkehr Liebe

Trotz allem Liebe

Bei Aufprall Liebe

Die Bradens (Peaceful Harbor)

Geheilte Herzen

Voller Einsatz für die Liebe

Liebe gegen den Strom

Vereinte Herzen

Melodie der Liebe

Sieg für die Liebe

Endlich Liebe – ein Braden-Flirt

Die Bradens & Montgomerys (Pleasant Hill – Oak Falls)

Von der Liebe umarmt

Alles für die Liebe

Pfade der Liebe

Wilde Herzen

Schenk mir dein Herz

Der Liebe auf der Spur

Verrückt nach Liebe

Liebe süß und sündig

Und dann kam die Liebe

Eine unerwartete Liebe

Verliebt in Mr. Bad

Die Remingtons

Spiel der Herzen

Im Dschungel der Liebe

Herzen in Flammen

Herzen im Schnee

Liebe zwischen den Zeilen

Von der Liebe berührt

Die Ryders

Von der Liebe bestimmt

Von der Liebe erobert

Von der Liebe verführt

Von der Liebe gerettet

Von der Liebe gefunden

Seaside Summers

Träume in Seaside

Herzen in Seaside

Hoffnung in Seaside

Geheimnisse in Seaside

Nächte in Seaside
Herzklopfen in Seaside
Sehnsucht in Seaside
Geflüster in Seaside
Sternenhimmel über Seaside

Bayside Summers

Sommernächte in Bayside
Verführung in Bayside
Sommerhitze in Bayside
Neuanfang in Bayside
Mondschein in Bayside
Versuchung in Bayside

Die Whiskeys: Dark Knights aus Peaceful Harbor

Tru Blue – Im Herzen stark
Truly, Madly, Whiskey – Für immer und ganz
Driving Whiskey Wild – Herz über Kopf
Wicked Whiskey Love – Ganz und gar Liebe
Mad About Moon – Verrückt nach dir
Taming My Whiskey – Im Herzen wild
The Gritty Truth – Kein Blick zurück
In For A Penny – Süßes Glück
Running on Diesel – Harte Zeiten für die Liebe

Die Whiskeys: Dark Knights von der Redemption Ranch

Immer Ärger mit Whiskey

Sullys Befreiung

Um Whiskeys willen

Der Geschmack von Whiskey

...

Entdecken Sie Melissa Fosters Bücher auch auf:

www.MelissaFoster.com/Herzen-im-Aufbruch